그 달을 훔쳐 보다

그 달을 훔쳐 보다

펴낸날 2023년 7월 10일

지은이 강나루
펴낸이 주계수 │ **편집책임** 이슬기 │ **꾸민이** 최송아

펴낸곳 밥북 │ **출판등록** 제 2014-000085 호
주소 서울시 마포구 양화로7길 47 상훈빌딩 2층
전화 02-6925-0370 │ **팩스** 02-6925-0380
홈페이지 www.bobbook.co.kr │ **이메일** bobbook@hanmail.net

ISBN 979-11-5858-934-9 (03810)

※ 이 책은 국가문화예술지원사업으로 강원특별자치도, 강원문화재단 예술인첫걸음지원사업 후
　원으로 발간(제작)되었습니다.

후원기관

| 밥북 기획시선 38 |

그 달을 훔쳐 보다

강나루 시집

5월이 세찬 비바람 소리로 요란하게 시작한다.
이른 봄꽃들이 하나둘 지고 이제는 영월의 거리마다 이팝나무에
꽃들이 활짝 피고 있다.

등단한 지 1년 만에 2집을 펴내며 1집에서 못다 한 삶의 이야기와
나를 둘러싼 잊지 못할 사람들의 이야기를 담았고, 영월의 자연을
하나, 둘 채워 나가며 시집을 완성했다.

시를 통해 나를 돌아보고
시를 통해 사람들의 이야기를 담고
시를 통해 자연을 느낌 그대로 담고자 했다.

평범한 언어로 보고 느껴지는 감정을 가슴에 담고 독자들과 공감
할 수 있는 시를 써내려 가며 감정의 언어로 호흡하며 나만의 시세
계를 찾는다.

세찬 비바람이 멎고 청령포에도 고요가 찾아왔다.
주말이 지나가는 어둠이 내린 창밖을 보며 스테인드글라스의 불빛
을 벗 삼아
글을 써 내려간다.

2집을 준비하며 개인적으로 많은 일들이 일어났다.

아직은 삶의 무게를 이야기하는 것이 부끄럽지만 육체적, 정신적으로 힘든 시간을 함께 가슴에 담아두고 커피 한 잔이 주는 위로가 향기로 다가온다.

이 시집을 나 자신과 내 주변의 그리운 사람들과 자연을 사랑하는 이들과 함께하고 싶다.

2023년 5월의 첫 주말에

강나루 드림

차 례

제2부　　나를 불러오는 파도

제3부　　　　바람의 언덕은 지금

제4부 손수레는 사랑을 싣고

제1부

엿은
달콤해야 한다

엿은 달콤해야 한다

서부시장 모퉁이
사람들이 오고 가는 골목 좌판
투명비닐에 겹겹이 쌓여있다
호박엿, 쌀 엿, 땅콩엿,

'얼마에요'
'이천 원입니다'
내가 얼마인지 알았다
나를 들고 고민하던 아가씨가 땅콩엿을 보고 있다
'호박엿 맛있어요'
주인 할머니의 한 마디에 내가 선택받았다

카드를 보여주니 현금만 받는다고 뒤도 안 돌아보고
까만 비닐봉지를 꺼내는 할머니
아가씨가 가방에서 지갑을 꺼낸다
"호박엿 맛있어요"
할머니가 한마디 덧붙인다

까만 봉지를 들고 가는 아가씨 뒤통수에 대고
"맛있어야 하는데, 그래야 또 올 텐데,
참한 아가씨네"
손녀딸 배웅하듯 한참 동안 아가씨의 뒷모습을
바라보는 할머니

'아, 다행이다 내가 호박엿이어서 정말 다행이다'
세상 사는 달콤한 맛을 아는
할머니와 아가씨의 마음을 이어줄 수 있어서
정말 다행이다

깃발

창문 너머 보이는
청령포초등학교 운동장에 서 있는 깃발 하나
펄럭이며 바람과 속삭이듯 이야기를 한다

바람의 운명을 타고나
혼자서는 아무것도 할 수 없는
바람이 불면 온 동네 떠나갈 듯
'타닥, 타다닥, 타~타타다 닥'
바람이 시키는 대로 아우성친다

혼자 생각으로만 살 수 없는
내 운명의 여정이
깃발과 닮아 있다

그 달을 훔쳐 보다

큰 형님의 그림자

큰형님에겐
아들이 하나 있었다
봄의 전령과 함께 꽃다운 나이에
먼 길 떠난 조카는
불혹의 나이를 지나도
우리 가족의 장손으로 기억에 남아있다

해마다 명절과 제사 때면
조카들이 맏손자였던
장손에게 예의를 표하고
어머니의 솜씨 좋은 음식을 음미할 수 있는
기회를 주었다

가족들이 한데 모여
술잔이 거하게
몇 순배 돌아가면
누구나 할 것 없이
조카의 이름을 부르며
빈 술잔에 애절한 눈물을 담아
취하도록 마셨다

영월행 기차표 예매소동

딸과 오랜만에
데이트를 하고 돌아온
일요일 오후,
이른 저녁을 먹고
커피숍에서 이야기를 나누는데,

'카톡'
문자가 도착했다
"영월에서 청량리행 기차
출발시간 두 시간 전"
순간 머리가 어리둥절했다

청량리에서 영월로 가는 기차를 잘못 예약했다
저녁 6시 30분,
서둘러 영월로 가는
열차 시간을 확인하니
7시 15분이 막차다
청량리역 플랫폼에서
딸이 예매해준 마지막 기차표를 만지작거린다

딸과의 데이트를 도둑맞은 채

아쉬운 작별 인사를 하고

바람이 차가운 청량리역사(驛舍) 공원에서

긴 담배 연기 뿜어내며

영월행 무궁화호 열차의 좌석 번호를 확인했다

새싹비

봄을 알리는
비가 내린다

산과 계곡과 강가의
마른 풀들이 빗방울 흠뻑 머금은 채
온 힘을 다해
대지를 촉촉이 적신다

이 비 지나고 나면 땅과 하늘이 요동치며
거북이 등처럼 갈라졌던 틈바구니에서
봄을 화려하게 장식할 생명의 푸른 피가
넘실거릴 것이다

외로움을 달래는 법

내가 외로울 땐 전화를 건다
아들에게
딸에게
친구에게

전화를 걸어
일상의 안부와
시시한 사연들을 얘기하며
시간을 보낸다

안단테
알레그로
에네르지코*

숨결과 맥박을 오가며
가슴으로 전해지는
외로움의 바이러스를
떨쳐 버린다

---

* 안단테(andante): 걸음걸이가 빠르게, 알레그레토(allegretto): 조금 빠르게,
에네르지코(energico): 힘차게 연주하라

아우성

동강 주변에
가로수 둥지를 튼
벚꽃나무
화살나무
조팝나무

꽃잎 피어난 자리마다
연둣빛
새순 돋아나

고요한
숨 막힘을 선보인다

가끔씩 불어오는
바람은
소리 없는 아우성을
식혀주고

내일이면
봄꽃의 향연으로
지친 사람들의 가슴에도
한 송이 꽃이 피어나겠다

행복이란

아침마다 깨어나 창문 밖의
햇살을 맞이하는 설렘을 느낀다

벚꽃 활짝 핀 동강 둔치를 걸으며
이따금 들려오는 새소리를 듣는다

햇볕 한 줌이
얼굴에 부딪히는 촉감을 즐긴다

길을 걸으며 내뱉는 숨소리 따라
쿵쾅! 쿵쾅!
온몸에 울려 퍼지는 심장 소리를 듣는 지금,

살아있다는
기쁨을 누리는 순간이다

단잠

오월 이십칠일 금요일
청량리행 마지막 기차에 몸을 싣고
영월역을 떠난다

차창 밖으로 흐르는
공기의 아우성이
차창 안 두 눈 가득 펼쳐진다

피곤함의 무게에 눌려
눈꺼풀이 살포시 내려오고
이따금 들려오는
바람 소리가
차창을 두드린다

플라타너스 그늘 아래 살며시 불어오는
햇살 바람인가
고단한 몸을
꿈의 세계로 안내한다

늙은 자동차와 카세트테이프

먼지 쌓인 상자 안에서
30년의 시간을 먹어버린
메밀 칼국수 면발 같은 마그네틱 선이
돌기 달린 두 눈 껌뻑이며
반가운 듯 인사를 한다

연식이 한참 지난 자동차 오디오의 주둥이가
입 벌린 채 나를 삼킨다
달그락~~~, 달그락~~~
지나간 시간을 물고 노래를 시작한다

CD에 밀리고
MP3에 밀리고
블루투스라는 복병을 만나
설 곳을 잃어버린 지 오래되었지만

추억을 그리워하는 사람들을
가끔씩 향수에 빠뜨리고
눈물 고이게 하는
신비한 마력을 가지고 있다

나이 든 자동차 오디오와 어렵게 만나

화려했던 과거를 되새기며

함께해온 시간

이제는 머지않은 운명을 받아들이며

지지~직,

화려했던 시간을 되감는다

시가 좋다

있는 모습 그대로
상상 그대로
짧은 언어의 만남에서
새로운 나를 발견한다

스스로의 삶을
마음으로 녹여
하루를 살아가는
뜨거운 가슴을 적신다

그 달을 훔쳐 보다

그 달을 훔쳐 보다

'중천에 째지게 걸린
시뻘건 둥근 달'
시인의
어머니를 불러온 달,
그달이 궁금해
천체망원경을 샀다

망원경에 비친 둥근 달은
황금빛으로 이글거리며
사십육억 년 세월에 생채기를 내고
여기저기 움푹 패인
고단한 달을 훔쳐봤다

---

* 이상국 시인의 '달은 아직 그달이다'에서 영감을 받음

상어주유소에는 상어가 없다

88번 지방도를 따라가다
서강로 449-1길이라는 도로표지판 앞에
상어주유소가 있다

서해바다에서 한강을 거슬러
서강의 푸른 물줄기 퍼주려고
바다가 그리운 모습 그대로
흉물스러운 상어 껍질만 남겨놓은 것일까

주유소 외벽은 노란 페인트가 벗겨진 채로
흉측한 장소로 바뀌어 지나는 차를 유혹하며
나뒹구는 바람 소리에
상어주유소 간판만 삐걱거린다

'경유-출장 바배큐
무연-통돼지
010 92** **43
대형차량 특별우대'

상어가 사라진 상어주유소엔 상어는 없고
바비큐를 부르는
유령의 전화번호
구이사삼
끼룩끼룩 녹슨 간판에 남아 풀썩거린다

시인의 인생

– 이상국 시인 초청 작가와의 만남에서

이천이십이 년 사월 이십오일 월요일
이상국 시인을 만났다
동네 옆집 형님 같은 수수한 모습이다

'국수가 먹고 싶다'를 오 년이나 퇴고하며
인생을 써내려간 자리에는 감출 수 없는 애환이
시인의 눈매와 목소리에 담겨 청중의 가슴을 울렸다

거짓 없는 것
부끄럽지 않은 것
자연 그대로의 것이 시(詩) 속에 있어야 하고
새로운 생각이 늘 있어야 한다는 시인은
시인의 노래 백오십사 원의 저작권료에도
환한 미소를 지으며 천진한 모습이 된다

초등학교 시절, 문필가를 꿈꾸던 소년은
집에서 알아주지도 않고
직장에서도 알아주지 않았지만
서너 번의 이직도 경험하면서
글쟁이로는 환영받지 못할 삶을
한평생 운명처럼 그려내고 있었다

하늘 위를 걷다

오후 5시 50분 김포공항에서
제주로 가는 비행기가 굉음을 내며
날아올랐다
구름 낀 회색빛 하늘을 박차고 올라
하늘 위에 하늘이 열리고
흰 구름 위를 날아 제주에 도착했다

하늘 위에서 내려다보는 구름은
여기저기 계곡을 만들고
구름 사이 언덕 너머 드리워진 그늘에 앉아
커피를 마시며 시집을 읽고 싶어진다

숨 가쁘게 지내 온
일상을 뒤로하고
떠나온 여행은
솜사탕 위를 걷는 기분이다

구름 위 뜨거운 태양을 남겨두고
제주공항에 도착하자마자
축축한 물기가 묻어 있는
바람이 나를 따라왔다

모정의 목소리

오후로 접어드는
라디오스타 박물관
숲 속의 작은 무대에
팔십을 훌쩍 넘긴
할머니 시인들이
옹기종기 앉아있다

얼마 남지 않은 인생을
원고지 위에 담아내며
연필 자국 꾹꾹 눌러 패인 원고지가
가슴속으로 들어왔다

한 글자 한 글자 정성스럽게
써내려가는 인생의 글자가
때로는 눈물로
때로는 은은한 미소로 전해지며
손등의 주름마저 인생의
고개를 넘고 있다

평생을 지나온 이야기로
새로운 희망을 쓰는
한 어머니의 일생이
솔바람 소리에
숲 속 그늘진 무대를 휘감고
동강의 물결 되어 흘러갔다

아버지의 집

삼베옷 한 벌 지어 입고 길 떠나신 지 십 이년,
내가 아버지 집을 떠나온 지도 오십육 년이 지났다

대문 앞에는
나보다 훨씬 나이 들어 보이는
감나무 한그루와 대나무 숲에 둘러싸인
허름한 담장과 양철 지붕 사이
잡초들이 터를 잡아 자기 집을 만들었다

대나무 숲에
휘~이~익… 탁탁
바람이 지나가면
아버지의 손때가 그리운 나무들은
오십육 년의 울음을 운다

그 달을 훔쳐 보다

당진 아버지의 집
논길과 밭두렁을 지나 나지막한
산 중턱에 자리 잡은 아버지 무덤 앞에
술 한 잔 올리며
그리운 마음의 집 한 채 짓고 싶다

제 2 부

나를
불러오는 파도

이유 있는 변명

제주도 가족여행을
마치고 서울로 오는 비행기에
몸을 실었다

가족들과의 달콤한 시간을 보낸
후유증으로
뜻밖의 시련이 닥쳐올 줄
몰랐다

나 홀로
비행기를 타고
전철을 타고
다시 영월 행 기차에 몸을 싣고
온기 없는
아파트에 들어서며

알 수 없는 공허함과
외로움이 말초신경까지 자극했다
나락으로 떨어지는 기분이었다

숨 한번 크게 들이쉬고
다시 잠의
세계로 빠져들었다

결국,
나 혼자만의
세계로 돌아오고 말았다

바다를 보러 가자

'우리 바다 보러 갈까요'
셋째 동서인 신부님이 제안을 했다
처갓집이 평택 있을 때
한번 모이면 새벽에 노래방도 가고 당구도 치며
시간을 보낸 추억이 제주에서 발동이 걸렸다

일출을 보러 곽지해수욕장으로 향하는
삼동서의 야간 올렛길 도보여행이 시작됐다

펜션에서 가깝다던 바다는
가도 가도 파도소리가 들리지 않았고
둘째 동서가 자정을 넘긴 한적한 숲길을 안내하며
인적 없는 숲길에서 풀벌레 소리와
반딧불이가 삼동서의 외출을 반겼다

흘러간 노래를 떼창으로 불러도
뭐라고 하는 이 없는 해방감이 우리를 맞이했다

곽지해수욕장을 100미터 앞에 두고
내리는 안개비가 자욱해
일출의 희망은 멀어져 갔다

편의점에 들어서는
새벽의 불청객을 눈 비비며 맞이하는
편의점 아낙네의 구수한 제주도 방언은
따뜻한 커피 한 모음에 녹아들었다

돌아오는 택시 안에서
떡 실신해 잠에 빠진 삼동서의
일탈은 미완으로 끝났다

시의 미학(美虐[*])

내 첫 시집을 읽은
막내 누나가 전화를 했다

'돌고 돌아가는 길'에 쓰인
큰집 조카의 죽음에 대한
날카로운 시평이 내 가슴을 쓰라리게 했다

큰집 가족에게 또 한 번의 슬픔이
찾아올까 걱정하는 막내 누나

시를 쓸 때
수없이 많은 생각을 거듭하며
단어를 선택하고 퇴고를 했지만

독자의 가슴에서 전해지는 고통은
시의 미학(美虐)으로 다가왔다

---

* 모질 학

화엄사 가는 길

구례 화엄사로 향하는 발걸음이 무겁다
얼마 전부터 좀처럼 낫지 않는 허리통증으로
저만치 앞서가는 일행의 꽁무니를 멍하니
바라보며 서성인다
계곡을 따라 피어난 자귀나무 연분홍 꽃잎이
공작새 꼬리를 펼치듯 살랑거리며
거칠게 뿜어내는 한숨 소리마저 삼켜 버린다

지친 낙오자를 구제해준
자동차에 몸을 싣고
화엄사에 도착했다
천년을 건너온 대웅전이
아픈 허리 감싸 안은 중생의
어깨 너머로 욕심의 죽비를 내리친다

말벌의 최후

아파트 베란다 에어컨 실외기 안쪽에
말벌이 집을 지은 지 서너 달이 지났다

실외기 조그만 구멍 속으로
들락날락하며 말벌들이
전리품을 물어 날랐다

에어컨 돌아가는 실외기 굉음이
시끄럽게 아우성을 쳐도
아랑곳하지 않는 말벌과의 싸움이 시작됐다

실외기 구멍을
모두 방충망으로 막아버렸다

외출하고 돌아오는 말벌의 무리가
막힌 방충망 앞을 이리저리
배회하고 유리창 너머로 화풀이 하듯
창 너머 나를 향해 공격하지만 유리창에 부딪치고 만다

지칠 줄 모르는 벌들의 집착은
방충망 틈새를 벌리고 하나 둘 다시
나를 조롱하듯 창 넘어 실외기 속으로 드나들었다

말벌과의 전쟁을 선포했다
활동이 잠잠해진 사이 벌레퇴치 스프레이를
실외기 안쪽에 분사했다

얼마 후 말벌들은 실외기 안에서 최후를 맞았고
닫힌 베란다 유리 창문이 활짝 열렸다

시인을 만나는 페이스북

'띵동'
김남권 시인의
페이스북 알람이 울렸다

시집 한권의 이야기가
핸드폰 속 모니터에
시선을 고정시켜 놓는다

종이 냄새 풀풀 나는 책장 속 페이지는 온데간데없지만
핸드폰에 빼앗겨 버린 사람들의 일상에서
또 다른 시인의 삶을 만난다

아침마다 새롭게 올라오는 시집을 포스팅한 사연들이
얼굴도 모르는 시인들을 연결해주며
나를 돌아보는 거울로 다가온다

다시 꽃 피는 순간

겨울이 지나가고
꽃이 피어나는 봄이 돌아올 때쯤이면
바람은 만개한 꽃을 어루만지며 스쳐 지나고
벌은 암술과 수술 사이를 분주하게 날아다니며
결실을 맺어준다

여름이 지나 가을이 오고 다시 봄을 만날 때쯤이면
바람과 벌이 지나간 곳에는 탐스러운 열매가 맺히고
땅은 새로운 생명을 잉태한다

푸른 바람이 지나간 길목,
상처가 아문 자리에
다시 꽃이 핀다
내가 다시 돌아갈 수 없는 그곳에

어디로 가는 것일까

신설동역에서 용산역으로 가는 1호선 전철 안에
조그만 가방을 어깨에 메고
덥수룩한 머리에 세수한 것 같지 않은
초췌한 모습의 청년이 사람들 사이를 비집고
이리저리 왔다 갔다 반복한다

빈자리를 찾는 걸까
빈자리가 나타나면 청년보다 나이 많은
어른들에게 양보도 한다
왔다 갔다 수없이 반복한 끝에 앉을 기회가 생기자
곧바로 자리에 앉는다

역무원의 안내방송이 울려 퍼진다
"마스크를 착용하지 않은 승객은
다음 역에서 하차하시기 바랍니다"

단호한 방송에 청년은
자리를 박차고 일어나
가방에서 마스크를 찾아 쓰고
왔다 갔다를 반복하며 불안한 모습을 보인다

어디로 가는지 궁금증이 밀려온다
앉아있는 승객과 서 있는 승객의 눈동자도 오른쪽 왼쪽
정신없는 청년의 모습에 갈팡질팡한다

어디로 가는 걸까
청년의 행선지는 의문인 채
용산역을 내리며 물음표 남기고
다음 역으로 청년을 실은 열차는 떠나갔다

첫 번째 선물

내 첫 시집을 선물 받은 직원이
편지를 보내왔다

난생처음 시집 한 권을 정독하고
시인의 첫 구독자가 되었다는 사연이
빼곡하게 담겨있다

'돌고 돌아가는 길'을 읽고
얼마 전 세상을 떠나보낸 동생 같은 후배를 생각하며
울컥했다는 이야기,
'큰누나의 전화'에 대한 시를 읽으며
시인의 마음을 알아챘다고 했다
아들이 첫 명함을 건넨 이야기를 보며
자신의 이십 대 초반 시절이 오버랩되어
아버지 생각이 났다고 했다

자신도 인생의 오묘한 감정을
시로 표현하며
멋진 삶을 살고 싶어 했다

시인이 되고
독자에게 받은 첫 편지가
나를 다시 살리는 꽃이 되었다

제발 그냥 놔 두세요

몇 달 전부터 새벽을 깨우는
요란한 예초기 소리에
청령포 수변 언덕이 벌거숭이가 되었다

여름 눈꽃을 선물했던 개망초*도
네 잎 클로버로 행운을 선물하던 토끼풀꽃도
모두 사라지고 말았다

더위가 아무리 기승을 부려도
창문만 열면 바라다 보이는
들꽃들이 사라진 곳엔,

말끔하게 이발한
신병교육대 연병장이
등장했다

한바탕 전쟁이 휩쓸고
지나간 자리 같다

_____

* 개망초: 구한말(1876) 이후 철도 공사를 할 때 침목에 묻어나온 것으로 추정되는
망초는 경술국치(1910)를 전후하여 전에 볼 수 없었던 이상한 풀이 전국에 퍼지자,
'나라가 망할 때 돋아난 풀'이라 하여 '망국초'또는 '망초'라 부르게 되었다.

나를 불러 오는 파도

동풍을 업고
밀려오는 파도 물결은
인적 없는 바닷가
알 수 없는 바위에
걸려 넘어지며
또 한 번의 너울을
만든다

너울은
소용돌이가 되고
포말이 되어
모래 속으로
조용히 스며들어
잔잔한 눈물을 삼킨다

7일간의 코로나 여행

입추가 지난 8월 어느 날
바람이 제법 선선하게 다가온다
출근을 서두르며 실시한 코로나 자가 진단키트 검사에서
양성반응이 나왔다

아뿔싸~~~
예상하지 못한 결과에 가슴이 덜컹 내려 앉는다
읍내 병원에서 확진 판정을 받고
근처 마트에 들러 자가 격리 중 먹을 수 있는 식료품을 마련했다

사무실과 서울에 있는 가족에게 전화하고
7일간 어떻게 지내야 할지 고민하며 하루를 맞이했다

걱정과 두려움으로 문진표에
수선화를 닮은 여인의 전화번호를 적었고
38.4도의 고열과 싸우며 악몽을 꾸었다

하루 반나절이 지나 코로나 증상이 호전돼 몸을 추스리고
베란다 문을 열어젖히고 출판기념회 때 받은

호접난, 금전수, 스투키 화분과
자가 격리 전날 사무실에서 가지고 온
난(蘭) 화분에 물을 주며 식물과 대화도 했다

갑갑한 마음에 티비를 보다
충동구매-취소를 반복하며 쇼핑도 해보고
인기 있는 드라마를 연속해서 보며 망중한에 빠져도 보았다

사흘째, 몸이 회복되며 컨디션이 좋아졌다
사무실 업무도 보고 집 정리도 다시 하고
책꽂이에서 시집을 꺼내어 읽고
머릿속에서 맴돌았던 시어를 찾아다니며 시도 썼다

모기 입이 삐뚤어진다는 처서가 지나가는 자리에
저녁 땅거미가 창문 밖을 어슬렁거렸다

자가 격리 마지막 하루가 저무는 동안
여행도 다녀 본 사람만이 잘한다는 평범한 사실을 깨닫고
어설픈 7일간의 코로나 여행을 끝냈다

소돌이 어촌에는

11월의 강릉 소돌이 어촌,
여름의 분주함이 사라진
평화로운 풍경이다

소가 누워있는 형상을 한 바위가 모여 있어
소돌이라고 불린다

처녀 총각의 서글픈 사랑 이야기가
전해 내려오는
서낭당 마주 보이는 항구에는
구유를 닮은 좌판 식당이 늘어서 있다

경민네, 재민이네, 수희네, 광순네,
명진이네, 순돌네, 공자네, 수진네, 영백이네,

싱싱한 활어를 파는 가게는
아들바위에서 소원을 빌며 낳았을지 모를
열두 명의 자녀 이름을 걸고
찾아오는 손님들에게 흥정을 한다

경민네야 손님 받아라
활어회 나간다
밀려오는 파도 소리를
집어삼킬 듯
목청껏 소리친다

트로트 소년

영월애(愛) 달 시장에서 만난 소년은
트롯을 좋아했다

무대에선 트롯 가수의 신나는 음악에 맞춰
손뼉치고 엉덩이 흔들고 점프하고
두 손 치켜들고 치는 박수에
옆에 있던 소년의 동생이 물끄러미 뒤를 쳐다본다

뒤에 있던 소년의 할머니는 흐뭇한 미소로
손주의 재롱에 박수로 응원하고
힐끗힐끗 할머니를 쳐다보는
소년의 입가에 미소가 넘쳐났다

나는 트롯을 좋아하는 소년,
트롯 소년이다

밤하늘에 길게 드리워진 노랑 빛 전구가
달빛 되어 소년을 비추며
이마의 송골송골 땀방울이
트롯의 선율 속으로 스며들었다

김삿갓 거주지에서

난고가 세상속 으로 떠난
마대산 거주지,
돌담 사이로
지나가는 이방인을 엿보듯
가로등이 꾸부정하게 고개를 내밀고 있다

숨을 헐떡이며
찾아온 이방인을 맞이하는
난고당 제단에는 향불 하나 없이
영정만이 나를 맞이한다

초가지붕 아래
거꾸로 매달린 시계는
세월을 거부하듯
과거로 향하고

백오십육 년 세월이 그리워
구름만 흐르는 이곳에는
이방인의 호기심만 불러와
지난 세월을 회상한다

봉숭아 물들이기

'봉숭아물이 잘 들여질까'
'얼마 만에 해보는 거야'
'흰 눈이 오면 소원을 들어줄까'
세 자매 처형들의 수다는 그칠 줄 모른다

열 손가락 손톱 위에 소복이
곱게 빻은 봉숭아 꽃잎을 랩으로 휘감으며
서른 개의 손톱 위에
연분홍 꽃을 피웠다

하루를 지나면
서른 개의 손톱에
첫눈이 오기를 기다리는
소망이 담길 것이다

수줍은 마음으로
다시 가슴이 뜨거웠던
순간을 기다리며,

SM5 520-18

며칠 전 딸아이의 긴급한 전화에
18년 된 자동차를 떠나보냈다

팔 년 전에 초등학교 동창에게
공짜는 안 된다며 오십만 원 주고 산 SM5,
이곳저곳을 고치며 사백만 원짜리 자동차로
탈바꿈했지만 작별의 아쉬움에
함께했던 흔적을 정리했다

사춘기 시절 아들과 함께했던 1박 2일 남도 여행도
장모님을 하늘로 떠나보냈던 춘천의 5일 추모 여행도
서울에서 함안으로 직장을 옮긴 지인의 초대를 받아 떠났던
1박 2일 여행도,

영월에서 서울까지 178킬로미터를 내비여사와 함께 했고
추억의 카세트 스테레오와 CD를 장착하고
70~80년대 노래를 들었던
나에겐 과분한 고급 세단이었던 'SM5 520, 34부 5885'

노쇠한 자동차가 폐차장으로 들어서는 순간,
엔진이 여러 차례 공회전하다 마지막 시동이 꺼졌다

나에게 세 번째 동반자였던 노쇠한 자동차는
새롭게 만나게 될 네 번째 동반자 옆에서 지난밤 밤새도록
주인과의 추억을 이야기했으리라

제 3 부

바람의
언덕은 지금

마음의 고향

쿤타킨테라 불리운 소년은
실옥리 자두 과수원 길 사이를 뛰어다니며
하이얀 치아를 드러내며 웃고 있다

옥중교 제방을 지나 자전거로
동네를 한 바퀴 돌고
딸기밭 원두막에서 친구들과 밤새워
이야기꽃을 피우며 초등학교 시절을 보냈다

질풍노도의 혈기 왕성했던 중학교 시절,
사춘기를 겪으며 어머니를 떠나보내고
방황하던 고등학교 시절이 있었다

그곳은 언제나 내가 돌아갈
초록색 대문의 그리운 집이 있었다

땅거미 질 무렵 온천동 고갯길을 숨 가쁘게 오르고
고등학교 담 옆, 오솔길을 따라 집으로 내려가며
담장 울타리 플라타나스 나무의 바람이
땀을 닦아 주던 정겨운 곳이다

내 학창 시절의 기억이 유전자 깊숙이 기록되어
지천명을 훌쩍 넘긴 나이에도
눈감으면 아련히 떠오르고
가슴 설렌다

실옥동 183-62번지
그리운 집 정원 작은 연못 위에
청포도가 탐스럽게 익어가고
장미, 코스모스, 다알리아꽃 향기가
반겨주던
그 집을 영원히 기억하고 싶다

낙엽의 질주 본능

바사삭~ 바사삭~
달그락~ 달그락~
바람의 박자에 맞춰 둥지를 떠난 낙엽들이
황량한 아스팔트 위에
앞서거니 뒤서거니 경주한다

학창 시절 백 미터 경주에서
달리다 넘어져 무릎이 상처 나도
일어나 다시 날리던 모습이
스쳐 지나는 동안

주차장 모퉁이 시멘트벽에
먼저 온 낙엽이
공중곡예 하며 이리저리 휘날리고
거친 숨을 토해내며
손을 내민다

경쟁의 굴레를

달려온 잎사귀가

서로를 감싸주는 모습을 보며

뒤돌아선 나그네의

옷소매를 여미게 한다

김삿갓 묘에서

아버지를
욕보인 죗값으로
삼십사 년
방랑 생활을 했네

기생 가련에게
마음을 주고
걸인의 주검이 안타까워 노래했고
양반들의 오만과 탐심을 풍자하며

무상한 세월을 뒤로하고
머나먼 타지에서 생을 마감해
아들에게 업혀 와
그리운 집이 보이는 이곳에 누워 있네

나 하늘로 돌아간 지 백오십육 년
세월이 흘러도
술 한 잔 따라주는 이는 많아도
해어진 삿갓을 고쳐주는 이는 없구나

이제 날도 저물고
찬바람 불어오면
시린 내 삿갓을 누구에게
부탁할까

노근리 쌍굴다리 앞에서

버림받은 사람들[*]
그대, 우리의 슬픔을 아는가[**]

꾸부정한 어깨 위로 봇짐을 짊어진
남자의 영혼이 나비 되어 자화상이 되어
들국화로 피어났다

칠십이 년을 숨죽이며
쌍굴다리 검회색
시멘트 교각에 수없이 피어난 꽃송이

아메리카 군인들에 의해
영문도 모른 채 죽어야만 했던
김다가미 김할랠루 변분단 서간난 안복돌
이백이십육 명의 영혼이 쌍굴다리 교각마다
그림자 되어 날고 있다

---

* 「그대, 우리의 슬픔을 아는가」 장편 실화소설, 1994년 4월, 정은용
** 1977년 월간 한국문학, 중편소설 「버림받은 사람들」이 예선을 통과하였다는
   기록이 실린 잡지, 정은용

경부선 열차가 경적을 울리며
쌍굴다리 위를 지날 때
한 맺힌 슬픔의 통곡 소리
슬픔을 기억하라고 목놓아 운다
아픔을 기억하라고 목놓아 운다

세월의 기억

종철이
아버지는 어느덧
귀도 잘 안 들리고 눈도 잘 보이지 않지만
망백(望百)을 넘어 상수(上壽)를 바라본다

일요일 아침에
마주한 식사 기도 소리가
우렁차게
귓가에 맴돈다

꼿꼿이 세운 허리는 세월의 깃대가 되고
마주 잡은 손은 상처의 흔적이 묻어나와
움푹 패인 마음의 골짜기마다 검붉은 생명의 파도가
넘실거렸다

'어릴 때 친구는 영원한 거야,
와줘서 고마워'
친구와의 우정을 일깨워주신
종철이 아버지의 주름진 손을 맞잡고
다시 뵐 날 언제인지 가슴이 먹먹해 졌다

옛 친구

삼십오 년 전
아홉 명의 더벅머리 친구들이
현충사 입구
청사초롱 가로등이 드리워진 곳에서
카메라를 응시하고 있다

친구들의 검은 머리에는
어느덧 흰서리가 내려
움푹 팬 세월의 골짜기마다
잔주름이 점점 깊게 내려앉고
한 친구는 벌써
밤하늘의 별을 찾으러 떠났다

지천명을 훌쩍 넘어버린 한 장의 사진이
그리움만 남겨놓은 가을
현충사 노란 단풍길 따라
잎사귀 어루만지며 가을 속으로 걸어간다

흙을 사랑한 아버지

– 종철이 아버지 고 김상배 도마님을 추모하며

어린 시절 조무래기 삼총사가
제집 드나들 듯 책가방 들고 찾아간
종철이네 집에는
언제나 반갑게 맞아주던 친구의 부모님이 계셨고
저녁 식사는 종종 친구 집에서 먹은 기억이
어제 일처럼 떠 오릅니다

다음에 또 찾아뵙겠다고 한 약속을 끝내
지키지 못한 후회가 밀려옵니다
며칠 전 중환자실로 실려 가신 아버지의
소식을 접하며 회복하기만을 기도드렸던
순간이 아쉬움으로 남아 있습니다

한 달 전
찾아뵈었을 때 함께했던 주일 아침식사에서 들었던
우렁찬 기도 소리가 마지막이 될 줄 몰랐습니다
야윈 손등 위로 떨리던 아버지의 주름이 지금도
눈앞에 선 합니다

밥상머리에서
친구와의 우정을 일깨워주셨고
진정한 농부로 흙을 사랑하는 마음을 일러주셨습니다
철모르는 막내아들 친구에게
흙의 소중함을 알려주신 아버지,
엄하면서도 가끔은 인자한 웃음을 건네주시던 아버지
이젠 추억으로만 간직해야만 하는 안타까움을 홀로
시린 가슴에 담아봅니다

재숙이 누님
종석이 형님
종숙이 누님
친구 종철이와 이별하며
보이지 않는 눈가에 이슬이 맺힙니다
이제 마지막 인사를 올립니다

먼저 먼 길 떠나신
사랑하는 아내 곁으로 향하는
발걸음 위에
하얀 국화꽃 한 송이 올려놓고 기도드립니다

떠나는 순간까지도
자식의 안녕과 행복을 빌었을 아버지,
근심 걱정 없는 또 다른 세상에서
새로운 땅, 새로운 흙을 일구며
빛나는 꽃 피우시길
기원합니다

21세기에 맞이하는 화려한 외출

- 단종 국장 행렬을 따라가다

"귀양 갔다 다시 온다고
약속했던 이내 말이
죽음의 상엿소리가 될 줄
어느 누가 알았으랴"
어~이, 어~이, 어~이~ 야

선소리꾼의 후렴구 따라
10월의 첫 주말 관풍헌에서 장릉을 잇는
소나기의 구슬픈 가락에
끌려 나온 인파가 구름처럼 몰려들었다

비운의 왕, 마지막 가는 길은
화려한 전등 불빛 사이
통곡의 고개를 넘어갔다

관풍헌에서 장릉까지 이어진
굵은 빗줄기는
열일곱 소년의 회한인가
그칠 줄 모르는 한의 노래인가
청령포의 강물마저
붉어졌다

어설픈 정원사의 가위질

영월의 유아 숲 체험원을
한 사나이가 방문했다

소나무들이 가을을 만나
지난해에 돋아나 누렇게 변해버린 솔잎을
무성한 풀밭 위로 하염없이 떨구고
겨울날 채비를 한다

더벅머리 총각처럼 무성한 소나무가
눈에 들어왔다

전지가위를 손에 들고 떨리는 마음으로
싹―뚝 싹―뚝
생을 마감한 가지에서 사~삭 사~삭 툭 툭
나락으로 소리를 내며 떨어진다

더벅머리 소나무가
전정(剪定)으로 환골탈태(換骨奪胎)한 모습을 들어낸다

'아뿔싸 너무 심하다'
앙상한 가지만이 남겨져 추운 겨울
잔가지 없이 제대로 버틸지 걱정이다

정원사의 멀고 험난한 여정을 아는 듯
잘려 나간 가지를 한탄하는 소나무의 애절함이
바람을 타고 내 귓가를 간지럽힌다

여백에 체온이 머물다

– 류미야 시인 초청 작가와의 만남에서

여백이 시가 되어야 하고
읽는 사람의 체온도 시가 되어야 한다는
류미야 시인

'그해 겨울 땅 끝'과
'땅 끝 마을 동백'에서
절망과 고뇌, 울음을 보았다

이기고 돌아온
붉은 상처를 만났다

단아한 카리스마를
뿜어내는 그녀는
청중을 향한 나지막한 목소리로

삶에서 보여 지는 것들에 대한
순간을 자신을 향한
끝없는 질문으로 대체하고 있었다

그녀의 여백이
나의 여백 속으로 들어와
체온을 가득 채워 세상 사람들의
언어로 다가간다

바람의 언덕은 지금

지하 천 미터
어둠의 터널을 빠져나온
채탄 열차마다
광부들의 사진이 가득 걸려있다

웃음기 없는 얼굴
초점 없이 허공을 바라보는 눈빛
손에든 장갑을 우두커니 바라보기도 하고,
카메라 렌즈를 뚫어져라 바라보는 시선까지,

막장을 빠져나온
작업복은
가을바람에 홀로
나부끼고,

녹슨 레일 위로
떠나버린 광부를 대신하는
민들레꽃, 바람꽃, 솜다리꽃
숨죽여 피어있다

'여보, 애들아 아빠 무사히 돌아왔다'
아내가 차려놓은 저녁 밥상에
둘러앉아 보글보글
두부찌개를 먹으며 눈빛을 마주친다

어둠의 터널이 사라진 자리에
밤새도록 지지 않는 빛이
찬란하다

무궁화 꽃이 피었습니다
– 무궁화 박사 1호 박형순 교수의 정원사 과정 수강을 마치며

'무궁화-무궁화 우리나라 꽃
삼천리강산에 우리나라 꽃'

한여름 태양을 향해
노랗게 암술머리 세우고
연분홍 꽃잎 펼친 사이마다
붉게 물든 다섯 장의 꽃잎
반한 듯 날아든 벌들의 날갯짓에
잎사귀 산들거립니다

한반도 지형
정갈하게 늘어서서
긴-긴 겨울 지나 새봄이 오고
여름이 찾아오면
지고 피고 또 피어나는 화려한
샹들리에를 꿈꾸었습니다

"나라꽃에 대한 인식이 희박해져
영영 인정받지 못하고
없어지게 될까 걱정된다"며
30년간 방방곡곡에서
연분홍빛 설렘으로 함께 했습니다

나라를 잃었을 때
그늘진 담장 밑에서
'눈의 피 꽃', '부스럼 꽃'으로
천대받았던 설움이 안타까워
우리, 별이, 소양, 한양, 탐라, 순이, 근형*을
품속에 안았습니다

어느 강단(講壇)에 서 있어도
미소로 일편단심** 자식처럼
지켜온 그리운
당신을 기억하고 싶습니다

———————

* 무궁화 신품종(7품종): 우리, 별이, 소양, 한양, 탐라, 순이, 근형 품종 개발
** 무궁화 꽃말: 일편단심, 섬세한 아름다움, 은근과 끈기

카페 '라디오 스타'에서

노을 지는 저녁나절
동강대교를 건너다보며
민낯을 드러낸
앙상한 나뭇가지 사이로 보이는
동강은
힘겹게 낮달을 물고 있다

금빛 햇살은
바람을 유혹하고
강물 위를 쉴새없이
반짝이며 떠돌 때

식어가는 커피의
향기가
여인의 품속으로 스며든다

멈춰버린 주파수는
추억의 영화* 속
'MBS 영월방송국'을 소환하고
햇살 넘어 낮달의 기억을
따라간다

---

* 추억의 영화: 라디오스타(안성기, 박중훈 출연)

눈(雪), 치

하늘이 잿빛으로 덮이고
눈의 습격이 시작되었다

청령포의 산마루와 방절리 마을에는
알몸의 점령군이
하얗게 질린 눈빛으로 체념한 듯 몰려왔다

수확이 끝난 황량한 밭에
수변을 둘러싼 연못 여기저기에
바람의 지원군이 몰려왔다

아파트 베란다 창문 밖을
염탐하는 눈의 전령들이
거실 안을 기웃거리다 사라진다

전령들은 인간의 언어를
알아채지 못하고
바람 속에서 청령포의 비밀을 쏟아내고 있다

온양 시장에 가면

– 연규 어머니의 건강을 기원하며

'싱싱한 채소 있어요'
오랜만에 온양의 전통시장에
귀에 익은 목소리가 들려온다

맑고 힘 있는 목소리를
따라가면 그곳엔 언제나
어머니가 계셨고
아들 친구를 맞아주는 어머니가 있었다

일 년 내내 쉬는 날 없이
제철 채소를 손이 부르트도록 다듬어
좌판에 올려놓고
새벽부터 밤늦도록 자리를 지키셨다

일찍 남편을 떠나보내고 시장 난전에서
홀로 4남매를 키우며
할머니가 되고 증조할머니가 되었어도
목소리는 변함이 없다

이제는 요양병원 침대에 누워서도

구순을 넘긴 좌판 위에

햇살 닮은 목소리로

그날의 이야기보따리를

풀어놓고 계신다

너를 기다리는 시간

가을을 놓치고 간
동강의 굽이치는 능선 자락이
얼마 전 재 입대 한다고 찾아온
삭발한 청년의 짧은 머리카락처럼
허연 속살을 드러내고 있다

마지막 잎새는 지고 없다
나뭇가지마다
붉게 시린 눈망울이
허전한 강물 너머를 응시하고

노을만 바라보던 초저녁 달은
"오늘 하루 어떻게 지냈느냐"고
안부를 물어온다

너를 기다린 시간이
저물고 있다

그 달을 훔쳐 보다

단 하나의 사진

초록색 대문 앞에서 당신과 찍은
빛바랜 사진 한 장을 봅니다
벌써 반세기 가까운 지난날의 흔적입니다

지금 당신은 명동성모병원 중환자실
침대에 누워 있습니다
그리고
당신은 아무 말도 못 합니다

며칠 전
마지막 인사로 마주 잡았던
당신의 손등 위로
흘러내리던 물빛 온도를 기억합니다

이제 내가 초록색 대문 앞으로
당신을 만나러 가겠습니다

사십여 년 전 그때처럼
당신과 나란히 서서
어색한 웃음을 지어보겠습니다

봄의 소나타

청령포로 213번 길,
봄비가 내린다

새벽을
지키고 서 있던 가로등은
상젤리에 보다 더 빛나는
무대를 만들어 놓았다

규칙적인 간격으로
빛나는 가로등 불빛은
늦은 저녁부터 내리는 빗줄기와 함께
바람의 비트에 맞춰 왈츠를 춘다

강한 비트에 끌려온 바람은
가로등 불빛을 빗방울로 발라 먹고
유난히 추웠던 겨울을 이겨 낸
시간의 기억이 계절을 끌어 안았다

경칩까지는 보름도 더 남았는데,
차가운 대지에
뜨거운 입맞춤을 하고
봄 햇살을 숨죽여 기다린다

그 달을 훔쳐 보다

네가 왜 거기서 나와

봄비가 내린 주말
아파트 옆 석축에 놓인
고양이 집에서 비둘기 가족이 나온다

저녁에 내렸던 봄비를 막아주려고
우산으로 덮어준 고양이 집을 차지한 채
의기양양하게 고개를 꼿꼿이 세우고
마지막 남은 먹이를 쪼아 댄다

사람들에게 귀했던 존재는 잊혀지고
버림받아 떠돌이 신세가 되어
집도 절도 사라진지 오래다

한눈팔면 코 베어 가는 서울 한복판에서
집 잃은 고양이의 탄식 소리 들려온다
네가 왜 거기서 나오냥!

제 4 부

손수레는
사랑을 싣고

누가 허기진 배를 채워 줄 것인가

한겨울 먹이를 찾는 까마귀의 무리에 둘러싸여
자신에게 남은 고소한 향기마저 내어주고
반짝이는 하얀 속살에 구멍만 낭자하다
부~스럭 부스~럭
먹이를 찾는 부리는 허망한 분탕질로 끝나고 만다

누가 자신의 한을 풀어줄까
'훠이, 훠~이'
나그네의 손에 들려온
쓰레기 봉지 속을 파고드는 몸부림

누가 훼방을 놓았나
먼발치 전봇대 위에서 탄식 소리 들려온다
까~~~악 깍, 깍

손수레는 사랑을 싣고

승용차가
어린 소년이 힘겹게 끌고 가는
리어카를 비켜 지나간다

앞서가는 할머니의 자전거가
가끔씩 서서
어린 손주의 모습을 바라본다

10살 정도 소년은
피곤하지도 않은지
앞서가는 할머니를 가끔 쳐다본다

'할머니~ 조심하셔요'

아직은 친구들과 피시방에서 게임하고
운동장에서 뛰어노는 것이 더
즐거운 나이에

학교가 끝나기 무섭게
할머니를 만나 손수레를 끌고 가는
소년에게 세상은 아직 살만한 것이 아니었다

입춘이 전해준 작별

– 춘천 나눔의 집 에제키엘 신부님의 이임 미사에서

따뜻한 봄소식이 찾아온 주말
신부님의 마지막 집전 미사에는
15년의 그리움과 아쉬움의 눈물이
조용히 번졌다

한평생을 지지해주는 베로니카와
10살의 나이에 함께 동행했던 아들
성인이 되어 초등학교 임용고시에 합격하고
강원도 태백으로 발령을 기다릴 만큼 세월은
많은 이야기를 남겨놓았다

아들이 태어났을 때 "아들 눈이 제일 무서웠다"는
신부님의 고별사는
아들 눈에 어떻게 비칠지
하느님은 어떻게 보실지 혼자 생각에 잠긴다

함께한 시간 동안 고마웠다고 행복했다고
한 분, 한 분의 소중한 추억이 큰 선물이라고
서로의 마음을 꽃송이 가득 담아
품에 안겨드렸다

수풍골 성당 마당엔
입춘을 알리는 봄바람이
먼저와 기다리고 있었다

어처구니없는 세상

서울 관악구 삼거리
차가운 아스팔트 위에
80대 할머니가 누워있다

우회전 차량에 치여
사망한 지 한 시간이 지났지만
사고조사가 끝나지 않았다는 이유로
사망진단서도 나오지 않은 채
방치되고 있다

하얀 천에 덮인 할머니를 발견하고
119구급대도
응급소방차도 왔다가 사라졌다

호흡이 없고
의식이 없고
맥박이 없으면
이송하지 않는다는 법 따위에 막혀
장례식장으로 옮겨지지 못하고 있다

팔십 평생 삶이

이렇게 끝나다니,

혼령이 되어서도 구천을 떠돌고 말 것이다

멍 때리기

아파트 베란다에 앉아
먼 곳을 바라본다

. .. .

햇살이 비처럼 쏟아진다
구름 한 점 없다

산다는 건

아침 일찍 잠에서 깬
내 모습을 바라본다

삶이 주마등처럼
스쳐 지나간다

기쁨에 겨웠던 순간도
슬픔에 눈물짓던 순간도
허탈하게 웃음 짓던 순간도

청령포를 돌아 흐르는
강물 따라
흔적 없이 흘러간다

발을 봐 주세요

가장 낮은 곳에서
바닥을 만나며 존재하는 나는
마음이 내키면
언제든지 떠날 준비가 되어있다

저녁이면 어김없이 돌아와 이불 속에 눕고
한평생 내 몸을 지탱하느라 생긴
족저근막염에
시달린 흔적을 본다

다음날도
또 그다음 날도

오래전 수선화를 닮은 여인에게 받아 두었던
노란색 뚜껑이 덮여있는
'명품 고운 발' 크림을 바른다
어두웠던 발바닥에 혈색이 돌고
뽀얗게 빛나기 시작한다

오늘도 잘 부탁한다
한 걸음 한 걸음 세상 밖으로
힘차게 내딛는
발걸음에 나를 맡긴다

4월의 어느 아침에

206개의 뼈가
나를 지탱하며 존재하게 한다

서른두 개의 치아 중에 나를 떠나간 아홉 개의
치아는 임플란트로 채워졌다

어깨는 중학교 때 짝꿍에게 옮겨온 옴의
흔적이 점으로 자리를 잡은 지 오래고
그 흉터를 보기 싫어 수영장 가는 것도 포기했다

중학교 때 농구를 하다 다친 허리는
고등학교 삼 년 내내 보조기를 차고 생활했다

사십일 년의 시간이 지난 지금도
시시때때로 통증이 찾아와 나를 괴롭힌다

다리는 일본에서 캠프 지도자로
45일간 머물며 산속에서 벌레에게 물려
생긴 흉터가 이십팔 년 동안 남아있다

농구선수 생활을 하다 접질려
상습적으로 나를 괴롭히고 있는
발목은 발목염좌에 시달린다

나와 함께하는 이유 있는 상처는
앞으로도 평생을 동행할 예정이다

검게 그을린 쿤타킨테로 불리며
세월의 강을 건너 시리도록 아름다운
4월의 어느 아침을 다시 맞이한다

모모*

1

시곗바늘이 오후 11시를 지나가는 시간,
핸드폰 모니터 속 모모가
딸의 원룸 출입문 앞에 앉아있다

몇 시간째 꼼짝하지 않고 출입문만 바라보며
행여 들킬까 봐 소리도 못 내고 하염없이 기다린다

주변을 서성이다 작은 의자에 앉아
팔을 고인 채 눈망울만 깜빡거린다

2

어린아이의 머리맡에는
엄마가 언제 차려준 밥인지 알 수 없는
차갑게 말라 버린 밥알이 뒹굴고 있다

아이는 꿈속에서 엄마를 만날까
혼자 몇 날 며칠을 기다린
아이의 차가운 얼굴에
눈물 자국이 하얗게 남아있다

---

* 모모: 가족과 4년째 함께하는 흰색 오드아이 고양이

안타까운 소식은 인터넷 창을 가득 메우고
어린아이의 사망 소식에
댓글이 들끓었다

3
어미는 자기 삶을 한탄하며
고단한 푸념을 쏟아냈고
의미 없는 반성만 허공에 난무했다

동물도 주인을 그리워하는데
숨이 끊어지는지도 모르게
사라져 간 슬픈 영혼은
짐승만도 못한 모정을
시린 달빛에 떨구며
밤은 깊어만 간다

청령포에서

청령포 숲
소나무 푸른 솔잎 사이로
오후의 햇살이 실핏줄 같은
씨앗을 떨구었다

어린 단종의 유일한 벗이었던
육백 년의 기억들이 빼곡하게 내려앉은
관음송 씨앗 소나무를 분양하는 날이다

가야금의 현이 출렁거리고
오카리나의 선율이
금표비 너머 망향탑 지나
서강 물결을 따라간다

청령포 포구를 떠나는
배 위로
그리움이 젖은 솔향이
물결처럼 따라왔다

그 달을 훔쳐 보다

꽃비가 내린다

벚꽃이 동강 둔치를
연분홍 꽃 바다로 물들인
4월 어느 날
어제 아침부터 내린 비가
이틀 동안 내리고 있다

바람에 하염없이 떨어지는
연분홍 꽃비는
꽃잎 하나하나
촉촉이 젖은 잔디밭과
화단 이곳저곳 메마른 대지에
꽃잎 도장을 새겨놓고

빗줄기 따라
하염없이 흘러 동강 물결을 따라간다
어디쯤 가야 머무를 수 있을까

저 물결 따라가면
내가 살아온 길 찾아갈 수 있을까
바람 부는 두물머리 지나
서해의 끝자락에 닿을 수 있을까

고무신 자동차

한적한 시골길 모퉁이
공사로 분주한 한편에
모래로 쌓아 올린 자그마한 모래 산이 보인다

어릴 적
친구들과 고무신으로 자동차를 만들어
매끄러운 모랫길 위를 달리며
엉덩이 드러내 놓고
정신없이 놀던 생각이 스쳐 지나간다

언덕길 굽이 돌아 지날 때면
모래 묻은 작은 손으로 터널을 만들고
무너질세라 조심조심 지나간다

친구들에 이끌려 달리는 자동차들이
앞서거니 뒤서거니 각자의 길을 만들며 간다
'빵빵'
입에서 나오는 경적 소리에
모래로 쌓아 올린 작은 산마루가
평평해져도 자동차 놀이는
멈추지 않는다

해 질 녘 어머니의 불호령에
고무신 자동차는
신발로 변신해
'뿍~~~ 뿍~~~' '서걱서걱'
방귀 뀌는 소리 골목을 맴돈다

수건의 비애

한 평 화장실 수건 고리에
군데군데 패인 흔적이 보였다
'화향(花香)'이 무색하게
십이 년 동안 가족들의 얼굴을 닦아준
낡은 수건이 걸려있다

부드러운 자태는
기억조차 할 수 없는
과거의 시간에 묻히고
꽃 향 묻어나던 존재는
재봉선이 터진 채 실오라기 하나에
존재감이 무너지고 있다

지친 일상에 개운함을 전해주고
아이들에게 귀여운 양 머리를 만들어 주며
긴 시간을 버텨온 시간의 흔적이
영월까지 나를 따라와 화장실에 걸려있다

세탁기의 고문에도 끄떡없고
빨랫줄에 매달려 햇살과 뜨겁게 마주했던 기억도
이젠 뻣뻣해진 내 몸의 각질처럼
거친 실밥이 여기저기 삐져나와 운명을
기다리는 노인의 모습이다

아무래도 오늘을 못 넘길 것 같다
이제 '화향(花鄕)' 속으로 돌아갈 때가 된 것 같다

누가 곰인가

오월의 주말
베어트리파크를 찾았다
소나무 분재와 야생화 어우러져 있는
이곳에 곰이 산다

육중한 철창살 너머 곰 세 마리가
사람들이 주는 당근을 받아먹고 있다
바위에 등을 기댄 채
두 눈을 감고 사람처럼 앉아 오월의 햇살을
온몸으로 받고 있다

다른 우리의 곰은
나선형의 계단식 난간 그늘에 누워
치부를 드러내놓은 채
철제 난간에 다리를 올려놓고 낮잠에 빠져있다

나도 가끔 일상의 하루가
힘들고 지칠 때는 저렇게 잔다
낮잠에 빠진 곰이 나를 닮았다
누가 진짜 곰일까

시골 날파리 서울 날파리

서울로 떠나는
영월역 플랫폼에서
수은등 주위로 기를 쓰며
날파리들이 몰려들었다

우이신설선 전철
솔샘역 주변 아파트의 가로등
주변을 배회하는
날파리들은
지친 기색이 역력한데
동강 물을 먹고 태어난 날파리들은
지칠 기미가 보이지 않는다

이참에 서울 날파리들을
영월로 초대해
쇼윈도 수은등 아래에서 펼쳐지는
화려한 파리 비엔날레를
벌여야 할까 보다

송이골 가는 길

지인의 초대로
초복에 오리백숙을 먹으러
노쇠한 자동차를 끌고
비포장도로를 지나 송이골에 도착했다

몇 번을 지나다녔지만
오늘따라 좌우로 펼쳐지는
녹음이 깊고 수려하다

며칠 전 내린 비로
개울물은 제법 폭포 소리를 내며
숨 가쁘게 흘러간다

자동차가 기우뚱거리며
자갈 위를 춤추듯 지날 때
길가의 나와 있던 산비둘기
느긋하게 버티다가
화들짝 놀라 달아나고
고라니 새끼 한 마리
호기심에 나왔다 얼른 숨어버린다

송이골로 가는 짧은 순간,
자연 속에 깃들어 사는
생명의 몸짓을 보았다

동병상련

밤새 세찬 비바람이 지나간
고요한 출근길

고단한 아침을 맞은 벗나무 두 그루가
찢겨진 가지를 간신히 부여잡고
슬픔에 잠겨있다

찢긴 가지 사이로
투명한 눈물이 가지를 적셔 흐르고

바람 속을 지나가는
나그네의 어깨 위로
꽃비를 덮어준다

하송리 은행나무

깊어가는 가을
하송리 은행나무 사이로
기울어져 가는
햇살이 비치면
샛노란 은행잎 바람에 나부끼며
지나는 사람들의 시선을 사로잡는다

기억 속에서 사라진
대정사 앞마당에서 태어나
세월의 강을 건너와
천이백 년을 살아남아
천 년의 시간을 기약하는
낙엽이 진다

눈을 감으면
아득히 천이백 년의 기억이
노을을 물고 들어온다

알알이
샛노란 사람들의
이야기를 물고 온다

보물찾기

이천이십이 년 문학기행 둘째 날 이른 아침
팬더곰 교수님의 보물찾기 설명이 끝나고
여기저기 보물을 찾아 나선다

저 멀리서
'찾았다'
보물을 찾았다는 소리가 들려온다

가슴이 뛴다
내 눈엔 아직도 보이지 않는다
보물이 어떤 모양인지도 모른다

멀리서 힌트를 알려주는
소리가 들려오고
지원군도 나타났다

펜션 여기저기 돌덩이
나뭇가지 사이를 들춰 보아도
여전히 내 눈엔 하얀 종이쪽지가 보이지 않는다

눈에 띄는 조그만 돌덩이를 들췄다
나도 '찾았다'
'메롱'이란 글자와 빨간 혓바닥의 그림이 나를 조롱한다

이른 아침
보물찾기에서
나는 인생의 쓴맛을 맛보았다

깃발, 카세트테이프 그리고 수건
그 자전적 이야기

- 문철수 (시인, 계간 시와 징후 발행인) -

깃발, 카세트테이프 그리고 수건
그 자전적 이야기

- 문철수 (시인, 계간 시와 징후 발행인) -

혼자 생각으로만 살 수 없는
내 운명의 여정이
깃발과 닮아 있다

– 「깃발」 부분

    번역은 곧 반역이라는 말이 있습니다. 번역으로는 원문의 의미를 제대로 옮겨낼 수 없다는 뜻입니다. 특히 문학적 표현들은 전 세계에 공통적으로 적용될 수 없는 각 나라마다 언어의 특징이 있어 더욱 그렇습니다. 하여 글쓴이 또는 말한 이의 의도까지 100%로 녹여낼 수 없는 것은 어쩌면 당연한 결과일 것입니다.

    시인이 지은 시를 외국어로 번역하는 일만큼이나 어려운 일이 시인의 작품을 해석 또는 해설하는 일일 것입니다. 그것은 작품 수준이나 질의 문제가 아니라 시인이 시를 세상에 내놓기까지 지난한 과정 속에 녹아든 의도를 얼마나 잘 짚어낼 수 있으며, 그 의미를 확장시켜 독자로 하여금 작품에 더 가까이 다가가게 하고 이해의 폭을 넓혀야 한다는 일종의 강박 때문이기도 합니다.

바람 부는 대로 모든 것이 흘러가지는 않습니다. 더러는 거스르기도 하고 더러는 멈춰 서 견뎌내기도 합니다. '시인은 정의하는 사람이다'라는 말을 참 좋아합니다. 무언가를 정의하기 위해서는 더 내려갈 수 없을 만큼 그 소재 또는 주제 안으로 몰입되어야 합니다. 나무를 보려고 숲을 포기하면 안 되고, 숲을 보려 나무를 포기할 수 없습니다.

스티브 잡스는 "행동가들은 주요한 사상가들입니다. 이 업계에서 무언가를 바꾸는 것을 창조하는 사람들은 상상가인 동시에 행동가들입니다"라는 말을 합니다. 잡스는 행동하는 사람이었습니다. 실패를 두려워하지 않았습니다. 빌 게이츠는 "프로그래머가 되기 위한 가장 좋은 방법은 프로그램을 만들고, 다른 사람들이 만든 훌륭한 프로그램에 대해 공부하는 것입니다"라고 말합니다. 결국, 이 두 거인이 말하는 이야기의 핵심은 '행동하는 것'입니다. 집중하는 것입니다. 두려워하지 않는 것입니다. 이미 이 일에 발을 디뎠으면 끝까지 가보라는 것입니다. 생각을 행동으로 옮기는데 가장 필요한 것은 용기입니다.

시인이라고 불리지만 모든 시인이 시집을 가지지는 못합니다. 시집을 발간한다는 것은 용기 있는 시인으로서 한 단계 커다란 도약이라고 할 수 있습니다. 그것은 대단한 용기입니다. 그 대단한 용기는 시인의 시 「시가 좋다」에서 그대로 드러내고 있습니다.

'있는 모습 그대로 / 상상 그대로 / 짧은 언어의 만남에서 / 새로운 나를 발견한다 // 스스로의 삶을 / 마음으로 녹여 / 하루를 살아가는 / 뜨거운 가슴을 적신'

– 「시가 좋다」 부분

생각들을 세상에 내놓는 용기 말입니다.

1. 자신을 돌아보는
자전적 과정으로써 선택된 시

　특기할 만한 것은 의도적이던 의도적이지 않던 이번 시집은 시인의 삶의 기록일 수밖에 없다는 점입니다. 작품 어디에서나 나타나는 나, 저, 제라는 단어가 가지는 특징 때문입니다. 시를 이야기하면서 내 이야기를 하더라도 '나'라는 단어를 사용하지 않고 객관화시키는 것을 원칙으로 삼지만 작품 전체에서 굳이 자신을 감추려 하지 않기 때문입니다.

　이런 자전적 문체는 미학적으로 가치를 부여받기 쉽지 않지만, 대중으로부터 시에 대한 거부감을 거둬들이고 시에 대한 접근성을 높임으로써 그 가치를 입증하게 됩니다. 명망 있는 시에서는 보기 어려운 시의 접근법이기도 합니다.

　여기서 잠시 시의 가치 또는 효용이란 면에서 강나루 시인의 시를 바라본다면 일면 여타 아포리즘이나 매너리즘에 치우친 시들에 비하여 단순하게 여겨질 수 있습니다. 허나 한 걸음 더 깊게 들여다본다면 16세기 르네상스 시대의 시의 형식 요건인 즐거움과 유용성이라는 측면에서 보면 성공적인 시적 과정이라 할 수 있습니다.

큰 의미나 특별히 부여하고자 하는 가치를 드러내지 않고 단순히 현상의 나열을 통해 독자로 하여금 시의 본질적 요소 중 하나인 즐거움과 유용성 즉 삶을 관통한 시인의 지난 삶을 통한 이야기를 즐기며 그 안에 녹아든 유용성을 독자 개개인이 찾아내야 하는 의무를 가지게 하고 있습니다. 의도적이든 의도하지 않았든 거의 모든 작품에서 나타나는 현상입니다. 굳이 놀이에 비유한다면 술래잡기인 셈이지요. 찾아도 즐겁고 찾지 못해도 즐길 수 있는 게임입니다.

2. 보이는 또는 보여주는 상징으로써의 깃발

르네상스 시대의 작가에게 시의 목표는 시인의 의도와 작품의 효과를 포괄하는 개념이었습니다. '신과 사람들의 적'이라는 혐의를 받아 나라를 떠나 떠돌이 생활을 하면서 논문을 발표하며 살았던 카스텔베트로는 『아리스토텔레스의 시학에 대한 대중적 해설』에서 "시인의 기능은 그의 목표와는 다르다. 그의 기능은 아름다운 이야기를 구성하는 것, 적합한 등장인물을 구성하는 것, 중심 사고를 발견하는 것, 시에 알맞은 언어를 선별하는 것 등이다. 그러나 시인의 목표는 직접적이든 간접적이든 청중에게 즐거움을 주는 것"이라고 말합니다.

창문 너머 보이는
청령포초등학교 운동장에 서 있는 깃발 하나
펄럭이며 바람과 속삭이듯 이야기를 한다

바람의 운명을 타고나
혼자서는 아무것도 할 수 없는
바람이 불면 온 동네 떠나갈 듯

'타닥, 타다닥, 타~타타다 닥'
바람이 시키는 대로 아우성친다

혼자 생각으로만 살 수 없는
내 운명의 여정이
깃발과 닮아 있다

－「깃발」 전문

깃발은 사전적 의미로는 '어떤 사상, 목적 따위를 뚜렷하게 내세우는 태도나 주장을 비유적으로 이르는 말'입니다. 하지만 이 시에서 보여주는 깃발의 정서는 '혼자서는 아무것도 할 수 없는', '바람이 시키는 대로 아우성' 치는 수동적 의미로 변환되었습니다. 가장 높은 곳에 우뚝 서 있지만 늘 세상의 시선과 세상의 말을 외면할 수 없고, 외면할 심장을 가지고 있지 못한 자신의 삶의 모습을 적나라하게 보여주고 있습니다. 여기에 더하여 '혼자 생각으로만 살 수 없는' 삶은 양면성을 가지고 있을 수밖에 없습니다. 높은 곳에 우뚝 서 화려한 것 같으면서도 스스로 펄럭일 수 없는 깃발의 모습에 자신을 투영시키고 있습니다. 어쩌면 '나는 깃발이다'라고 외치는 이유는 내면의 외로움을 던져버리고 싶은 묵은 갈증 때문이거나, 도심 한복판 바람에 따라 펄럭이는 풍선 인형 같은 자신의 모습을 보여줌으로 즐거움을 주려 했는지도 모를 일입니다.

3. 의지가 아닌 의무로써 다가오는 미래

먼지 쌓인 상자 안에서
30년의 시간을 먹어버린
메밀 칼국수 면발 같은 마그네틱 선이
돌기 달린 두 눈 껌뻑이며
반가운 듯 인사를 한다

연식이 한참 지난 자동차 오디오의 주둥이가
입 벌린 채 나를 삼킨다
달그락~~~, 달그락~~~
지나간 시간을 물고 노래를 시작한다

CD에 밀리고
MP3에 밀리고
블루투스라는 복병을 만나
설 곳을 잃어버린 지 오래되었지만

추억을 그리워하는 사람들을
가끔씩 향수에 빠뜨리고

눈물 고이게 하는

신비한 마력을 가지고 있다

나이 든 자동차 오디오와 어렵게 만나

화려했던 과거를 되새기며

함께해온 시간

이제는 머지않은 운명을 받아들이며

지지~직,

화려했던 시간을 되감는다

– 「늙은 자동차와 카세트테이프」 전문

시인은 「시의 미학(美虐)*」이라는 작품에서 '시를 쓸 때 / 수
없이 많은 생각을 거듭하며 / 단어를 선택하고 퇴고를 했지만
// 독자의 가슴에서 전해지는 고통은 / 시의 미학(美虐)으로
다가왔다'고 쓰고 있습니다. 시는 소재는 무한하고 경계가 없
어 그 어떤 사물이나 현상도 소재가 될 수 있어야 합니다. 심
지어 자신의 치부와 부끄러움까지 드러낼 수 있어야 비로소
독자에게 감동을 선물하는 시가 됩니다.

　대체적으로 강나루 시인의 시에서는 유쾌한 듯하면서도 전
체적인 시의 기조는 자조적 경향이 짙습니다. 아마도 '미학(美
虐)'이라고 시인이 표현한 이유가 그것일 것입니다.

'동풍을 업고 / 밀려오는 파도 물결은 / 인적 없는 바닷가 / 알 수 없는 바위에 / 걸려 넘어지며 / 또 한 번의 너울을 / 만든다' 「나를 불러오는 파도」 부분, '경쟁의 굴레를 / 달려온 잎사귀가 / 서로를 감싸주는 모습을 보며' 「낙엽의 질주 본능」 부분 등에서 어렵지 않게 이러한 모습을 찾아볼 수 있습니다.

인용한 앞의 시 「늙은 자동차와 카세트테이프」에서도 이 같은 현상은 반복됩니다. 시간을 거슬러 올라갈 수 없는 현재와 다가올 미래로부터 추방 또는 부적응의 결과물로써 오래된 차와 늘어진 카세트테이프는 동질의 감정을 가지고 서로를 위로하겠지만, 과거는 현재가 되지 않을 것입니다. 한편으로는 과거를 추억하는 것이 아닌 현재를 한탄하는 것으로 읽히기도 하는 이유입니다. 대다수의 아픔은 겉으로 드러냄으로써 치유의 방법을 찾을 수 있습니다. 마음의 상처 또한 과감히 세상에 노출시킴으로써 치유할 수 있습니다만 감당할 수 있는 자존감 또는 내공이 선재 조건입니다.

4. 왜 쓰는지 질문을 잊은 시인들이
많은 것이 문제이다

한 평 화장실 수건 고리에
군데군데 패인 흔적이 보였다
'화향(花香)'이 무색하게
십이 년 동안 가족들의 얼굴을 닦아준
낡은 수건이 걸려있다

부드러운 자태는
기억조차 할 수 없는
과거의 시간에 묻히고
꽃 향 묻어나던 존재는
재봉선이 터진 채 실오라기 하나에
존재감이 무너지고 있다

지친 일상에 개운함을 전해주고
아이들에게 귀여운 양 머리를 만들어 주며
긴 시간을 버텨온 시간의 흔적이
영월까지 나를 따라와 화장실에 걸려있다

세탁기의 고문에도 끄떡없고
빨랫줄에 매달려 햇살과 뜨겁게 마주했던 기억도
이젠 뻣뻣해진 내 몸의 각질처럼
거친 실밥이 여기저기 삐져나와 운명을
기다리는 노인의 모습이다

아무래도 오늘을 못 넘길 것 같다
이제 '화향(花鄕)' 속으로 돌아갈 때가 된 것 같다

– 「수건의 비애」 전문

　기쁨이건 슬픔이건 직접적으로 이야기하면 그 감정이 100% 전달되지 않을 때가 많습니다. 화자는 그저 담담하게 풀어내는 듯하지만 화자의 의도에 매몰되어 그 감정의 소용돌이 속으로 빠져들어 갈 때 효과는 배가 됩니다. 수건은 젖은 나를 말리는 역할이 주 임무입니다. 삶에 지치고, 사람에 치이고, 허기에 쫓기는 나의 지친 땀방울을 닦아주는, 자신을 희생함으로써 누군가에게 위로와 위안을 주는 거룩한 존재입니다.
　그러나 누군가에게 삶의 목표를 물어본다면 수건과 같은 희생을 통하여 세상을 밝히는 일이라고 말할 자 얼마나 있을까요. 희생을 강요할 수는 있어도 희생을 각오하지 않는 이기적인 세상에서 시인은 자신의 모습을 '거친 실밥이 여기저기 삐져나와 운명을 / 기다리는 노인'이라고 묘사하고 있습니다. 하지만 그간의 시인의 삶의 모습은 감히 수건과 같은 역할을 했노라는 자신감이 '화향(花鄕)'이라는 향기로운 곳으로 종착지를 정했을 것입니다.

하지만 한편 '이제 날도 저물고 / 찬바람 불어오면 / 시린 내 삿갓을 누구에게 / 부탁할까'「김삿갓 묘에서」 부분에서처럼 삶의 여정에서 부딪혀 오는 고난을 함께 나눌 또는 마음 편히 얘기할 사람을 여전히 갖지 못했다는 것은 인간적인 안타까움을 자아내게 만들고 있습니다.

모든 예술의 공통점 중의 하나는 가장 인간적인 모습을 가질 때 독자들에게 가까이 다가갈 수 있다는 것입니다. 인간적이라는 것은 자연스럽다는 것과 다르지 않습니다. 문학 장르 중 시가 더더욱 조작되지 않은 인간적인 모습을 가질 수 있다면 시가 대중으로부터 멀어지지 않을 것입니다. 이런 시를 접할 수 있다는 것만으로도 시를 읽는 즐거움은 충분할 것이고, 시의 존재 이유가 될 것입니다. 강나루 시인의 시는 충분히 인간적인 모습을 내포하고 있음을 볼 수 있습니다.

나와 함께하는 이유 있는 상처는

앞으로도 평생을 동행할 예정이다

– 「4월의 어느 아침에」 부분

황정산 평론가는 시 전문 문예지 『시와징후』 2023 여름호의 권두언에서 "작금의 우리 시단은 점차 왜라는 질문이 사라져 가고 있다. 왜 써야 하는지 성찰하기보다는 대세를 추종하는 경향이 두드러지고 있다. 대세에 따라야 신춘문예도 당선되고 훌륭한 작품이라 조명해 주고 결국 상까지 받을 수 있다. 대세를 따라야 현대적이고 세련된 언어라는 칭찬을 받고 그것을 따르지 않으면 낡은 작품이라는 딱지가 붙는다. 시인들마저 이렇게 대세라는 시대적 조류에 아주 민감하게 반응한다. 그러다 보니 많은 시인들이 왜 시를 써야 하는지 망각한 채 비슷비슷한 작품을 양산하고 있다"고 일침을 가하고 있습니다.

  이 말은 현재 시인으로서 살아가는 또는 살아가고자 하는 모든 이에게 던지는 경고입니다. 이 정도면 충분하다고 하는 안위나 자위는 시인이 가지지 말아야 하는 기본자세입니다. 끊임없이 왜? 어떻게?를 자신에게 반복 질문해야만 발전할 수 있습니다.

  "시인들이 너무 많다고 더러 얘기하지만 시인이 많은 것이 문제가 아니라 왜 쓰는지 질문을 잊은 시인들이 많은 것이 문제이다"라는 황정산 평론가의 한마디를 마지막으로 내려놓습니다.